40 DESSINS

PAR

RIBOT

AQUARELLES

PAR DIVERS

M° CHARLES PILLET,
COMMISSAIRE-PRISEUR,
10, rue de la Grange-Batelière.

M. DURAND-RUEL,
EXPERT,
16, rue Laffitte.

CATALOGUE

DE

40 DESSINS

PAR

RIBOT

ET

AQUARELLES

PAR DIVERS

DONT LA VENTE AURA LIEU

HOTEL DROUOT, SALLE N° 1
Le Mardi 18 Mai 1875,

A DEUX HEURES.

Par le ministère de **M° CHARLES PILLET**, Commissaire-Priseur,
10, rue de la Grange-Batelière,

Assisté de **M. DURAND-RUEL**, Expert, 16, rue Laffitte,

Chez lesquels se trouve le présent catalogue.

EXPOSITION PUBLIQUE: Le Lundi 17 Mai 1875,

DE UNE HEURE A CINQ HEURES.

CONDITIONS DE LA VENTE

Elle sera faite au comptant.

Les adjudicataires payeront *cinq pour cent* en sus des enchères.

Paris. — Imprimerie PILLET FILS AÎNÉ, rue des Grands-Augustins, 5.

DÉSIGNATION

DESSINS DE RIBOT

1 — Tête de femme. — Étude.

2 — Deux têtes de jeunes filles.

3 — Tricoteuses. — Sépia rehaussée.

4 — Jeune femme à la collerette.

5 — Jeune femme feuilletant un livre.

6 — Tête de vieille femme.

7 — Servante descendant un escalier.

8 — Jeunes filles souriant.

9 — Tête de vieille femme. — Effet de lumière.

10 — Tête de vieille femme. — Effet de lumière.

11 — Chat angora.

12 — Femme cousant.

13 — Le Chant.

14 — La Lecture.

15 — Le Travail.

16 — Les Quêteuses.

17 — Tête de vieille femme.

18 — Jeune fille morte.

19 — Vieille femme, coiffure bretonne.

33 — A la Cuisine.

34 — Tête de femme. — Étude.

35 — Tête de jeune fille. — Étude.

36 — Étude de femme.

37 — Jeune femme lisant.

38 — L'Album.

39 — Le Journal.

40 — La Prière.

AQUARELLES PAR DIVERS

ANDRIEUX

41 — Vive Monsieur le Maire !

Aquarelle.

BARYE

42 — Tigre.

Aquarelle.

BARYE

43 — Biches et daims.

Aquarelle.

BÉNARD

44 — Moines se dirigeant vers un monastère.

Aquarelle.

CRAPELET

45 — Vue d'Orient.

Aquarelle.

DECAMPS

46 — La Fantasmagorie.

Sépia.

E. DELACROIX

47 — Une loge à l'Opéra.

Sépia.

E. DELACROIX

48 — La Musique.

E. DELACROIX

49 — Un courrier arabe.

Dessin au crayon.

E. DELACROIX

50 — Vallée près des Pyrénées.

Aquarelle.

E. DELACROIX

51 — Tigre endormi.

Aquarelle.

E. DELACROIX

52 — Courrier arabe.

Aquarelle.

DIAZ

53 — Scène d'intérieur.

Aquarelle.

DIAZ

54 — Scène d'intérieur.

Dessin.

J. DUPRÉ

55 — Forêt de Compiègne.

Dessin.

HARPIGNIES

56 .— Paysage avec figures.

Aquarelle.

HERSON

57 — Barbizon.

Aquarelle.

JONGKIND

58 — Vue de Harfleur.

Dessin.

JONGKIND

59 — Marée basse près du Havre.

Dessin.

LELOIR

60 — La Tentation.

Aquarelle.

LUMINAIS

61 — Cavaliers passant une mare.

Aquarelle.

MARILHAT

62 — Le Nil.

Aquarelle.

MILLET (JEAN-FRANÇOIS.)

63 — Un berger le matin.

Dessin.

MILLET (JEAN-FRANÇOIS.)

64 — Moissonneurs endormis.

Dessin.

MILLET (JEAN-FRANÇOIS.)

65 — Gardeuse de vaches.

Dessin.

MILLET (JEAN-BAPTISTE.)

66 — Vue de Chailly.

Aquarelle.

MILLET (JEAN-BAPTISTE.)

67 — La Récolte des pommes de terre.

Aquarelle.

MORISOT

68 — Paysage.

MULLER

69 — La Sainte Famille.

Aquarelle.

PILS

70 — Le Garde mobile.

Aquarelle.

ROQUEPLAN

71 — Le Moulin.

Aquarelle.

ROTHSCHILD

72 — Fontana (Italie).

Aquarelle.

ROUSSEAU (TH.)

73 — Paysage.

Dessin.

ROUSSEAU (TH.)

74 — Paysage.

Dessin.

ROUSSEAU (TH.)

75 — Village.

Aquarelle.

ROUSSEAU (TH.)

76 — Enfants cherchant des nids.

Aquarelle.

ROUSSEAU (TH.)

77 — Paysage.

Dessin.

TASSAERT

78 — Bûcheronnes dans la neige.

Dessin.

TERRASSA

10 -

79 — Femme italienne.

Aquarelle.

VIBERT

2.500.

80 — Espagnol.

Aquarelle.

ZIEM

700.

81 — Vue de Venise.

Aquarelle.

600. Sibot. au cléfain.

www.ingramcontent.com/pod-product-compliance
Lightning Source LLC
LaVergne TN
LVHW011455170726
843501LV00009B/3429